OLIVIA™

Las dos Olivias

adaptado por Ellie O'Ryan
basado en el guion "Las dos Olivias" escrito por Pat Resnick
traducción de Alexis Romay
ilustrado por Art Mawhinney y Shane L. Johnson

Simon & Schuster Libros para niños
Nueva York   Londres   Toronto   Sydney   Nueva Delhi

Basado en la serie de televisión OLIVIA™ que se presenta en Nickelodeon™

SIMON & SCHUSTER LIBROS PARA NIÑOS
Publicado bajo el sello editorial de la División Infantil de Simon & Schuster
1230 Avenue of the Americas, New York, New York 10020
Primera edición en lengua española, 2014
OLIVIA™ Ian Falconer Ink Unlimited, Inc. and © 2014 Ian Falconer and Classic Media, LLC
Traducción © 2014 por Ian Falconer and Classic Media, LLC
Todos los derechos reservados, incluido el derecho a la reproducción total o parcial en cualquier formato.
SIMON & SCHUSTER LIBROS PARA NIÑOS y el colofón son marcas registradas de Simon & Schuster, Inc.
Publicado originalmente en inglés en 2010 con el título *OLIVIA Meets Olivia* por Simon Spotlight, bajo el sello editorial de la
División Infantil de Simon & Schuster.
Traducción de Alexis Romay
Para obtener información respecto a descuentos especiales en ventas al por mayor, diríjase a Simon & Schuster Special Sales al
1-866-506-1949 o a la siguiente dirección electrónica: business@simonandschuster.com.
Fabricado en los Estados Unidos de América 0414 LAK
10 9 8 7 6 5 4 3 2 1
ISBN 978-1-4814-0316-0
ISBN 978-1-4814-0317-7 (eBook)

¡Ring! ¡Ring! ¡Ring!
La señora Hoggenmuller tocó el timbre tres veces, como hacía cada mañana.

Olivia se sentó correctamente, como hacía cada mañana. La escuela estaba a punto de comenzar y Olivia, como siempre, ¡estaba lista!

La señora Hoggenmuller se paró frente a la clase. Una nueva alumna se paró a su lado.

—Buenos días, niños —dijo la señora Hoggenmuller—. Tenemos una nueva alumna que se va a unir a nuestra clase hoy.

¡Una nueva alumna! ¡Olivia estaba tan emocionada!

—¿Se puede sentar a mi lado? —preguntó.

—Eso sería muy agradable, Olivia, pues ustedes dos tienen mucho en común —dijo la señora Hoggenmuller—. De hecho, hay algo que tienen las dos que es idéntico. Olivia, ¡te presento a Olivia!

La sonrisa de Olivia desapareció.

—Pero Olivia es *mi* nombre —dijo.

—Las *dos* se llaman Olivia —respondió la señora Hoggenmuller, dándose la vuelta para mirar al pizarrón—. Es el turno de matemáticas. ¿Quién sabe cuánto es cuatro más dos?

Las dos Olivias levantaron la mano.

—Sí, Olivia —dijo la señora Hoggenmuller. ¿Pero a *cuál* de las dos Olivias se refería?

—Me estaba mirando a *mí* —dijo Olivia.

—Pero me señaló a *mí* —dijo la nueva Olivia.

—De ahora en adelante, Olivia será Olivia Uno y nuestra nueva Olivia será Olivia Dos —decidió la señora Hoggenmuller.

Olivia no lo podía creer. Tenía una nueva compañera de clase, una nueva compañera de mesa y un nuevo apodo. ¡Y todavía no era ni la hora de almuerzo!

Después de la escuela, Olivia tenía muchas preguntas, así que buscó a alguien que tenía muchas respuestas: su papá.

—¿Cómo es posible que haya alguien más que se llame Olivia? —preguntó—. No es justo. Sus padres no me preguntaron si podían usar mi nombre.

El papá de Olivia sonrió.

—¡Pero eso bueno! Quiere decir que a mucha gente le gusta tu nombre. Cada año más y más gente nombra a sus bebitas Olivia. A lo mejor un día *todos* se llamarán Olivia.

Olivia se imaginó que estaba sentada en la cocina con su familia…

—Por favor, Olivia, pasa la sal —dice mamá a papá.

—Esta cena está buenísima, Olivia —dice Ian a mamá.

¡Ding dong! Suena el timbre.

—¡Paquete para Olivia! —grita el cartero.

—¡Para mí! —responde toda la familia.

Olivia se estremeció de pies a cabeza. Sería terrible si todos se llamaran Olivia.

Al día siguiente continuó la confusión con las dos Olivias.

—Te toca a ti, Olivia —dijo Daisy desde la canal, pero le estaba hablando a la *otra* Olivia.

—Voy a jugar con Olivia —exclamó Francine. Pero estaba hablando de la *otra* Olivia.

Cuando la señora Hoggenmuller entregó los trabajos de la clase de arte, sin darse cuenta intercambió los proyectos de las dos Olivias.

—Te dieron el mío por error —dijo Olivia.

—El tuyo me gusta más —dijo Olivia Dos—. ¡Hagamos un canje!

—Pero yo me quiero llevar el mío a casa —protestó Olivia.

—¡Oye! ¡No seas mala con Olivia Dos, Olivia Uno! —dijo Francine.

Olivia suspiró. Dos Olivias en la misma clase no iba a funcionar.

Esa tarde, Olivia hizo un gran anuncio.

—Mamá —dijo—, he decidido algo muy importante. ¡Me voy a cambiar el nombre a Pam!

—¿Por qué harías algo así?

—Porque no conozco a ninguna otra Pam —explicó Olivia—. Yo sería la única.

—Bueno, si quieres llamarte Pam, puedes hacerlo —dijo mamá.

—Muy bien —exclamó Olivia—. Seré Pam.

Pam le dijo a *todo el mundo* su nuevo nombre: a sus amigos, a la señora Hoggenmuller, incluso a Olivia Dos.

—¿Quién sabe cuántos días tiene la semana? —preguntó la señora Hoggenmuller—. ¿Olivia?

Pam y Olivia Dos contestaron a la vez.

—Olivia Dos se ganó una estrella dorada —dijo la señora Hoggenmuller.

—Pero yo levanté la mano primero —dijo Pam.

—Ella dijo Olivia —respondió Olivia Dos—. *Tu* nombre es Pam.

Durante el recreo Pam pensó mucho.

—No sé si Pam es el nombre apropiado para mí —le dijo a Julián.

—¿No quieres que te llamen más Pam? —preguntó Julián.

—No me siento tan Pam-elada. Pero siempre me siento Olivia-da —respondió.

—Por supuesto —acordó Julián—. Por supuesto que eres Olivia-da.

Olivia estaba muy feliz de ser Olivia de nuevo. Después de la escuela, fue corriendo a su mamá.

—¡He decidido que volveré a ser Olivia! —anunció.

—Me alegra mucho —respondió la mamá de Olivia—. Todas las Olivias son especiales. Pero tú eres una Olivia especialmente especial para mí.

Olivia sabía que había tomado la decisión correcta de cambiarse el nombre de vuelta a Olivia.

Pero todavía estaba el problema de la *otra* Olivia.

¿Qué iba a hacer ella?

Olivia se imaginó que estaba en el Lejano Oeste, con un sombrero de vaquero y una placa de alguacil.

—Este pueblo no es lo suficientemente grande para dos Olivias —dice Olivia.

—¿Ah, sí? —pregunta Olivia Dos—. ¿Y qué vas a hacer?

—Vamos a tener un duelo —responde Olivia—. Quien pierda el duelo tendrá que irse del pueblo.

Cada Olivia tira su pelota bien alto hacia arriba ¡y luego la atrapa! Luego tiran las pelotas más y más alto. Olivia Dos se estira y se estira ¡y atrapa la pelota por los pelos!

Olivia corre en círculos, con los brazos extendidos. La pelota le cae en el guante. ¡Pero luego rebota!

¡Olivia se tira al lodo y atrapa la pelota antes de que toque el piso!

—¡Tremenda atrapada! —dice Olivia Dos. Está muy impresionada.

—La tuya también fue buenísima —responde Olivia—. Vamos a declarar un empate. ¡A partir de ahora este es un pueblo de dos Olivias!

La imaginación de Olivia le dio una idea. A lo mejor había espacio para dos Olivias en la escuela después de todo. ¡A lo mejor hasta podían ser amigas! Durante el recreo se acercó a Olivia Dos.

—¿Te gusta la nueva escuela, Olivia Dos? —preguntó.

—Me encanta —dijo Olivia Dos.

—Me alegra que te guste —dijo Olivia. Y le ofreció una sonrisa a Olivia Dos.

¡Y Olivia Dos le devolvió la sonrisa!

—Te voy a devolver tu pintura, si la quieres —dijo Olivia Dos con timidez.

—¡Gracias! Estaba pensando que deberíamos crear un club de Olivias, solo para *Olivias* —respondió Olivia.

—¡Me gusta esa idea! —dijo Olivia Dos.

Después de la escuela, las dos Olivias hicieron una casa club para el Club de Olivias.

—¿Y ahora qué hacemos? —preguntó Olivia Dos.

En ese momento, Ian metió la cabeza en la casa club.

—¡Hola! ¿Puedo entrar? —preguntó.

Olivia negó con la cabeza.

—No, este club es solo para Olivias —dijo.

Las dos Olivias se pusieron a pensar en qué podían hacer. Olivia no quería jugar a las damas. Y Olivia Dos no quería cantar ni jugar a las escondidas.

A la hora de dormir, Olivia tenía una pregunta más para su papá.

—¿Por qué crees que la cama se llama cama? —preguntó.

—Es solo una palabra que alguien inventó —le explicó su papá.

—¿Del mismo modo que Olivia es una palabra que quiere decir que esa soy yo? —preguntó Olivia.

—Así mismo —le dijo su papá—. Buenas noches, Olivia.

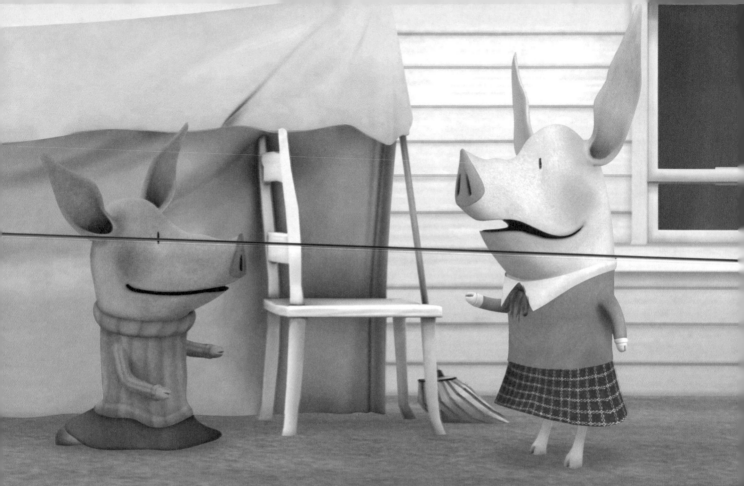

—¡Hola! —saludó Francine—. ¿Puedo jugar?

—No se admiten Francines —dijo Olivia Dos, con tristeza—. Solo Olivias.

Las dos Olivias se miraron y comprendieron que todo lo que tenían en común era el nombre.

—Un club solo para Olivias no es tan divertido después de todo —dijo Olivia Uno.

¡Las dos Olivias estaban de acuerdo! Así que se fueron a jugar al corre que te alcanzo con Ian y Francine.